KB213788

이
순
간

이 순간

2024년 10월 10일 초판 1쇄 인쇄
2024년 10월 19일 초판 1쇄 발행

지은이 | 오연희
펴낸이 | 孫貞順

펴낸곳 | 도서출판 작가
　　　　(03756) 서울 서대문구 북아현로6길 50
　　　　전화 | 02)365-8111~2　팩스 | 02)365-8110
　　　　이메일 | cultura@cultura.co.kr
　　　　홈페이지 | www.cultura.co.kr
　　　　등록번호 | 제13-630호(2000. 2. 9.)

편집 | 손희 양진호 설재원
디자인 | 오경은 이동홍
마케팅 | 박영민
관리 | 이용승

ISBN 979-11-94366-02-7　03810

잘못된 책은 구입하신 서점에서 바꾸어 드립니다.

값 15,000원

한국디카시 대표시선

20

오연희 디카시집

이 순간

작가

익숙한 듯 생소한 이름 디카시, 그 묘한 끌림에 새삼, 연애가 시작되었습니다. 어어, 하는 사이에 붉게 물들어버린 단풍처럼 물이 흠뻑 들고 말았습니다.

디지털 시대의 새로운 '문학 장르'이며 '극 순간 예술'이라는 말은 강조하지 않겠습니다. 학문적인 표현을 빌리지 않아도 충분할 만큼 연애 자체가 좋았으니까요.

바쁜 틈틈이 만나는 비밀스러운 즐거움을 어디에 비할까요. '이 순간'을 누리게 해 주었기에 소중했습니다. 묵묵히 기다려주고, 힘든 마음은 위로해 주고, 기쁨은 배가 되게 해 주었습니다.

쑥스럽지만, 연애의 결실을 내놓습니다. 진행형이라는 것을 마음에 두고 따뜻한 눈으로 봐주시기 바랍니다.

감사합니다.

담 넘어 은빛 반짝이는 갈대를 바라보며
토랜스 집에서 오연희

차례

시인의 말

제2부 그집 앞

제3부 연蓮을 담아 낸 그대의 사랑

제4부 붉은 거리

제1부

늦기 전에 고백할 말이 있다

호기심

칙칙폭폭

지상으로의 가벼운 착지

우리도 가끔

꽹과리 소리 나는 아랫마을로

마실 나가고 싶지

이 순간

더 황홀한 장면을 담으려고 길을 멈춘 순간
붉은빛은 사라지고
후드득 비가 쏟아졌다

늦기 전에
당신에게 고백할 말이 있다

수심

호수에 마음을 던져놓고
시간을 낚고 있습니다
한 뼘 더 깊어진
그대 생각

노을

구름이 없었다면

눈시울 뜨거워지는 아름다움도 없었겠지요

내 생의 짙은 어둠

당신 앞에 다 펼쳐 놓을게요

일상의 길목

땡볕 아래 파도치다가

밀물 썰물의 리듬 타고

계곡을 빠져나오는 물결

호수같이 아늑한 그대 집으로 흐르기를

섬

갇혀 있다는 생각을 버리면
의외로 넓은 세상
투영도 휘감아 도는 느긋한 어울림
꽉 찬 틈을 누려라
그대의 황금기

비상

한 점 불씨로 날아와

파도치는 내 생의 등대가 되어준 당신

심지 곧게 세우고 담대히 헤엄쳐 나가겠습니다

다산

사랑 학교 사랑학과 장학생

웃어 주고 울어 줄 이들과 함께

파란 싹을 키우지요

케케묵은 동화 한편 행복하게 읊습니다

바다로 간 반려

집중하는 뒷모습에 반해 일생을 약속한 나는
그의 품을 차지하지 못했습니다

물속의 애인과 경쟁하기에도 지쳤습니다

우리가

떠나보낼 누군가가
맞이할 누군가가
같을 때 있지

사는 맛이 이런 건가 싶은 날
부르고 싶은 노래 있지

가난한 낭만

파도 한 잔 거나하게 마시고
은빛 고등어 떼 눈 안주 삼는
소박한 낚시꾼들

무한 창공의 춤사위에 출렁
어깨 장단 맞추며 희희낙락

인증샷

엉거주춤하는 찰나 최고의 모습을 연출하지

연기가 생존이 아니라면
흐트러져서 아름다운 너로 돌아가라

실루엣

솜사탕 같은 빛의 언저리
어둠의 속살까지 애틋해지려고
온 밤을 걸어왔어요

당신 어디 있나요

유희

눈 가늘게 뜬 햇살

쨍쨍하던 시절 꿈만 같아

지느러미 펄떡이는 물보라에 한나절이 흠뻑

폭풍 같은 젊음의 심장으로 하루가 훌쩍

홈리스

꿈속에 찾아온 엄마가

255 는 종점이 아니랬어요

아침 햇빛 끌어당겨 잠시 눈붙인 후

햇살 같은 희망 안고 하산할 겁니다

제2부

그집 앞

소설 쓰기

시할머니 장례 치르고 온 명옥이가 그랬어
첩이라고 묫자리를 주지 않아
시체 앞에 두고 당한 설움 말로 다 못 한다고
딱 한 번 스치듯 본 명옥이 시할머니
그 고운 모습 가끔 생각나

성공담

타고 난 이름 있고
뿌리 내릴 터 있고
그대 뜨거운 눈길로
한 계절 누렸으니
이번 생은 따봉이다

붉은 연가

그때 우리

겁 없이 타올랐지

세월에 빛바래지지 말자

혈서라도 써놓았더라면

변함없이 뜨거웠을까

비화

찰거머리가 따로 없네
말랑말랑한 속까지 다 내놓고 덤볐으니
당할 재간이 있었겠나

울며 겨자 먹히는 겨자꽃

세레나데

홀라후프 춤추듯 팔랑이는 금빛 햇살

밤이 오면

내 심장의 창을 열고

한 여름날보다 뜨거운 고백 터질 것이네

그집 앞

은은한 등불 밝혀 놓고
대청마루 서성이는
전생의 나일지도 모르는 그녀가
문 왈칵 열 것 같아
서둘러 지나갑니다

비빔밥 만들기

소고기 고사리 가지 송송 볶고
시금치 산나물 조물조물 무치고
계란후라이 살짝 올려야 엄지척 비빔밥이 되지요

터진 것은 내 거니까 눈독 들이지 마시길

사랑의 예감

너만 보여

좁다란이 아늑함으로

초라함이 소박함으로

포근한 언어들이 넝쿨 채 굴러 들어 오네

아픈 인연

하트 퐁퐁

혼신의 고백 아

좋지요

정작 가까워지면 쓰라리니

안타까이 포기하려고요

연두의 감사

그저 연두였지요

여러분 덕분에

화려한 파티의 프리마돈나가 되었어요

적막 깨우기

가슴에 박힌 모진 말들
선택할 수 없는 것에 매여있지 않아요
묵묵히 나를 키우고 있으면
거짓말처럼 때가 오니까요

공존

앗
또 한발 늦었구나

극심한 가뭄에
허겁지겁 밀어 넣는 너를 떠올리니
덩달아 입맛이 도네

부부

낯선 조명등 아래
유난 떨 일 없는 새로움
그 따뜻한 파문을 기대하며
길을 나섭니다

자매

짜줄게
금방 마를 거야
파도가 덮친대도
문제없어

꼬리 치다

하늘 정복자인 듯 서슬 퍼런 꼬리
물고기의 유연함을 겸비하면
바다가 넘어갈까요

그대는
꼬리 다 내려놓고 얻은 사랑

제3부
연蓮을 담아 낸 그대의 사랑

황홀한 생업

몸속 뼈가 살갗을 뚫고 나와

허공을 찌를 만큼

휘어지는

곡진한

춤

진주만에서

지구 곳곳

전쟁 괴물의 연대기는 계속되고

동공 지진 유발하는 전함만

가슴 치듯 파도 쳐댄다

양장본

새 사전에는 없어요

프렌치 키스

가슴이 시키는 일에 충실할 뿐

진짜

확률이 제로 퍼센트여도
확인 전까지는 확신하지 마

넘겨짚다 놓쳐버린
그대 생각

교감

언뜻

쇼의 극대화를 노린 미끼

궁극은

소통의 아름다움

개 썰매

알래스카를 밝히는 3월의 설원
태양의 가장 낮은 음조차 숨죽인,
죽을힘으로 달리는 허스키
하얀 융단 두루마리로 말려오기 전에
다다라야 할 운명이 있다

백야

백 마리의 무스 뿔과 해골로 만든

인디언 추장 깃털 모자 같은 아치

이름과 가죽 남겨 준 대가인 듯

알래스카의 밤 지키려 하얗게 뜬 눈 샌다

기적 소리

설원을 압도하는 은빛 파이프

알래스카를 살린 송유관

리듬을 타면

교회당을 꽉 채우는 신의 음성이 되기도 하지

존재감

아무것도 아닌 듯
아무 일도 없는 듯

있음, 만으로
압도하던 주변을 배경으로 물러나게 만드는
무.스.

엄마

어차피
한해살이 덩굴풀

내 몫 다 했으니
원 없다

겨울

묵은 털 빠지면 새싹이 솟는다지요
비척거리는 다리도 새 힘이 돈다지요
연골이 닳아 절뚝이는 우리 엄마도
새봄을 맞을 수 있다는 거지요

모를 일

내 나라 떠나면 애국자 된다는 말
그저 먹고 살았을 뿐인 나에겐 좀 낯 간지럽지

경계선 사라진 우렁찬 폭포 앞에서는 왜
울컥하는지

연緣

빅뱅의 우주라 할지라도
오롯이
연蓮을 담아 낸 그대의
사랑을 믿어요

산장의 소문

민들레 씨앗 호로로

작은 숨결에도 화르르 날지요

키 큰 나무 사이로 불쑥 그대 오신다면

휘파람 휙휙 불며 소문에 불붙이고 싶어요

붉은 가요

없는 듯

덮어주고 걸러주고 기다려 준 당신

실하지 않아도 족한

알알이 스민 사랑 톡톡 터트리며

은밀히 불러봅니다

옥색

어떤 언어로도 살려낼 수 없는
살고 싶은 욕망이 샘 솟는 색
임금의 안색을 살피듯 너를 살핀다
너와 잘 맞는 색이 되고 싶다

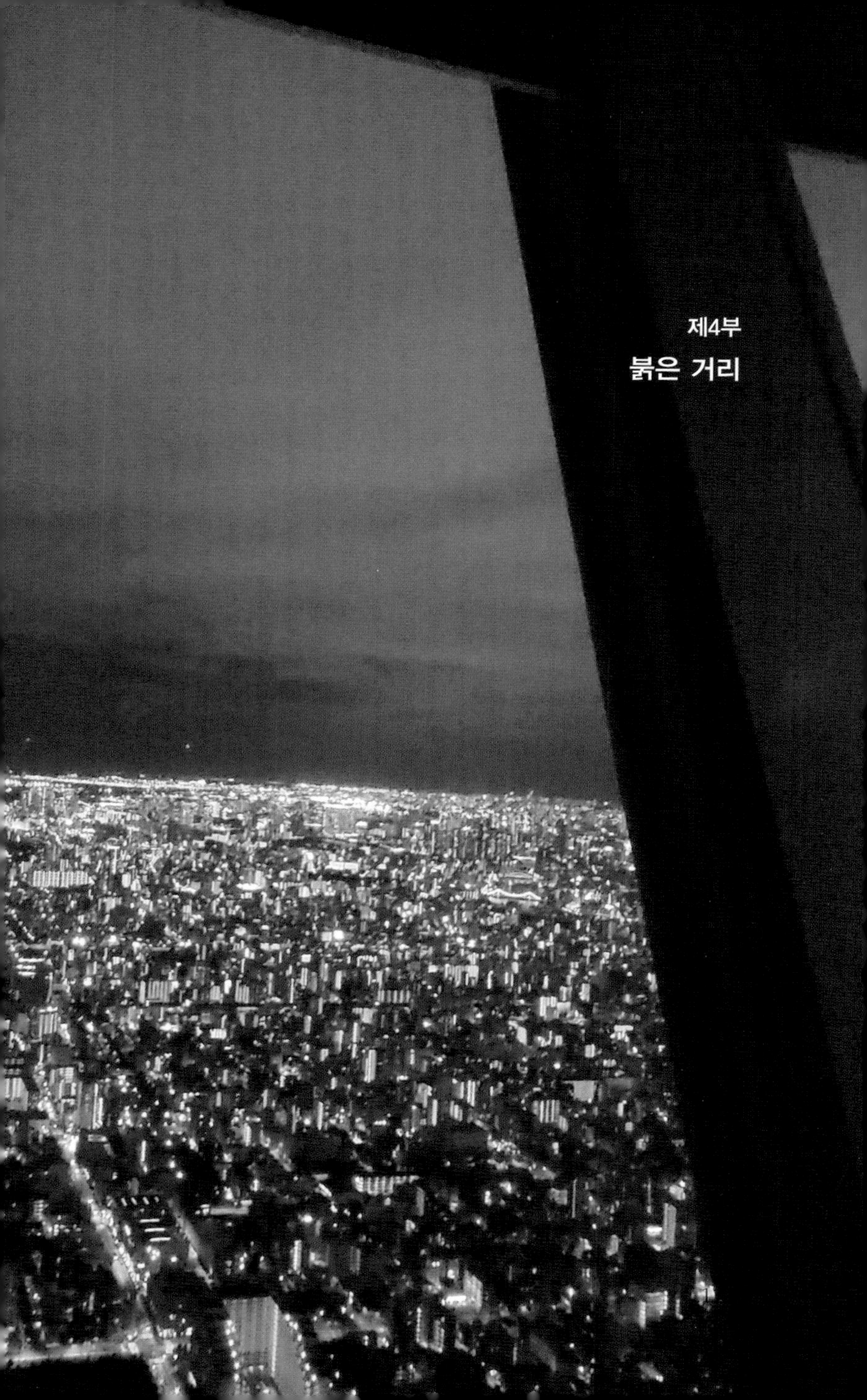

제4부

붉은 거리

바위 섬

천혜의 절경지 하롱베이
실루엣 한 폭에 담아 왔네

폭풍 같은 감정에 휘둘릴 때
한 잎 돛단배 되어 두둥 휘돌아 오겠네

키스의 변천사

쑥스러워 숨고 싶었던 말

혀가 얼얼할 때까지
스타라도 된 양
각도까지 잡아주네

남근석

천장 구멍으로부터 시선을 내리며
묵묵히 플래시를 터트리는 여행객들
생명의 근거와 연관 짓지 않아도
거룩함으로 뜨거워지는 시간

여우

한 화분에 여러 색깔의 꽃이라니
아 뿌리까지 여우다
나를 듯 오랜 간절함이 깃든 기도
정성이 뻗은 게다

해자*

도요토미 히데요시의 인생 여정이 깃든

오사카 캐슬

엇갈린 평가에 어리둥절

역사를 향한 한탄의 뱃노래

성벽에 부딪혀 주르륵주르륵 미끄러져 내리네

*해자: 외적으로부터의 침입을 방어하기 위해 성城의 주위를 파 물을
채워 넣은 못

붉은 거리

먼 시간을 달려 온 인력거
거리의 풍미로 맥을 잇네
객기를 부추기는 골목
아픈 역사 속의 장면들이 앞을 가려
느슨한 가슴 조이고 마네

불빛

하늘나무Skytree 탐사의 목적은 잊지 않았습니다
다만 불빛 어디쯤 작은 방이 생각났을 뿐입니다

우주를 다 품은들 그대가 없다면
암흑…

뱀부의 노래

가슴 속 죽창 내려꽂힌 사연 다 내려놓고

사슴처럼 순한 노래 입 모으면

깃털처럼 날아오르는 합창

온 숲을 휘감고 돕니다

금각사에서

가을비 추적대는 화려한 정원

태고의 성곽 같은 디딤돌 하나

핏빛 사연 지긋이 밟고

세월을 뛰어넘습니다

해산

나목의 씨앗 한 점
속속들이 여물어 간다
창공에 펼쳐질 경전
세세히 기록하려는 잔가지들
풍경 소리도 숨죽인

프로포즈

우리의 출발은

얼기설기 엮인 거미집

출렁일 때마다

마른 가지에 움 돋고

개울 물소리 우렁찼어

양양 고속도로

우주선 같은 대관령 옛길

과거길 가는길에 곁을 둔 그 선비
낯선 광채 눈 시려 길 헤맬까
고속으로 그려보는 왕따나무 벽화

차경*, 슬픔의 각

청와대 여인들의 낭만이 깃든 곳
등등하던 권위 어디 가고
증인인 듯 서 있는 붙박이
세간의 경치가 되었네

*차경: 바깥 경치를 빌려와 액자인 듯 연출하는 건축기법

마중

눈꽃 등 호위받으며 너를 맞으러 간다

겁날 것 없는 세상

순간과 영속 사이의 거리

— 오연희 디카시집 『이 순간』에 붙여

김종회(문학평론가, 한국디카시인협회 회장)

1. 시인·수필가에서 디카시인으로

오연희는 미국 캘리포니아에서 수필가로 출발해서 시를 썼고, 그리하여 미주 시인으로서 자기 영역을 가진 대표적인 문학인이다. 그 문학적 경력을 돌이켜 보면《해외문학》신인상 수필당선, LA지역 〈해변문학제〉 백일장 장원, 제2회《시와정신》해외시인상 수상 등의 경과를 확인할 수 있다. 이제껏 그가 상재上梓한 시집은 『호흡하는 것들은 모두 빛이다』와 『꽃』이 있고, 산문집으로 『시차 속으로』와 『김치 인생을 위한 우회로』 등이 있다. 문학 활동을 해오는 동안 제23회 〈해외문학상〉 시 부문 대상을 수상한 바 있으며, 현재 미주한국문인협회 회장을 맡고 있다. 이 협회는 한반도 바깥에서 모국어로 글을 쓰는 문인들의 모임 가운데 가장 규모가 크고 활발한 단체다.

그 오연희 시인이 몇 해 전부터 새로운 한류 문예 장르 디카시에 비상한 관심을 갖고, 직접 디카시 창작을 수행하는가 하면 LA지역의 디카시인 및 동호인들과 함께 전시회를 개최하는 등 적극적인 행보를 보여주었다. 그런가 하면 올해 3월 초 한국디카시인협회 LA지부 창립식에서 일정한 역할을 맡기도 했다. 중요한 것은 오 시인의 이와 같은 외형적 동향이 아니라, 그가 디카시의 심층적 의미를 이해하고 그에 대한 관심과 열정을 보여주면서 동시에 수준 높은 디카시 창작을 계속해 왔다는 데 있다. 필자가 국내외에서 이름을 가리고 수상작을 뽑는 공모전의 심사위원으로 참여한 연후에, 그의 이름을 수상자로 발견한 경우가 여러 번이었다.

이를테면 그는 명실상부하게 좋은 디카시인이요 수준 있는 디카시 창작자가 되었다. 처음으로 펴내는 디카시집 『이 순간』에 수록된 시들을 원고 상태에서 읽으면서, 필자는 다시 한번 이 사실을 확연히 목도할 수 있었다. 주지하다시피 디카시는 순간 포착의 영상과 촌철살인의 시를 결합하고, 이를 소셜 미디어 매체 환경에서 전 세계에 실시간으로 공유할 수 있는 새로운 창작 분야다. 사진과 시가 하나로 결합하여 영상과 문자가 동시에 기능하는, 오늘날과 같은 영상문화 시대에 최적화된 문학 유형이다. 그러므로 이 시집의 제목 '이 순간'은 그와 같은 디카시의 예술적 속성을 상징적이고 함축적으로 나타낸 언표言表라 할 수 있다.

이 시집에 대한 해설을 쓰면서 그 제목을 '순간과 영속永續 사이의 거리'라 한 것은 디카시 창작의 순간성 및 즉자성과, 디카시가 하나의 예술 형식으로서 확보하는 미학적 가치의 보존적 의미를 함께 환기하기 위해서였다. 오연희는 이러한 디카시의 존재 양식과 예술성을 익히 알고 있는 시인이기도 하다. 이 시집은 모두 4부로 구성되어 총 60편의 시를 수록하고 있다. 1부와 2부는 시인이 미국에서 일상적인 삶을 영위하는 동안 만난 풍경과 사물에 디카시의 옷을 입힌 사례들이다. 3부는 하와이·알래스카·캐나다 등지를 여행하면서 얻은 영상과 감상을 담아냈으며, 4부는 베트남·일본·한국 등지의 경물景物과 그에 대한 시적 표현의 묘미를 얻은 작품들이다. 이제 실제로 그의 디카시들을 만나볼 차례다.

2. 시간과 공간을 통어하는 시의 힘

시는 현실적인 시간과 공간의 범주를 넘어설 수 있는 힘을 가졌다. 그것은 시 창작에 동원되는 상상력의 힘이자 시가 현실 법칙을 초월한 진실 법칙에 입각해 있다는 구조적 문법을 말하기도 한다. 그러기에 시에 있어서 어법의 일탈이나 변용이 가능한 터이다. 이 시집의 1부 〈늦기 전에 고백할 말이 있다〉에 실린 시들은 이러한 시간 및 공간의 제약을 넘어 활달하게 시상詩想을 전개하면서, 세상을 바라보는 관점을 자유롭게 풀어놓고 더불어 이를 통어統御하고 조직화하는 기량을 보여준다. 「이 순간」에서 황혼을 펼쳐둔 사진 앞에서 '늦기 전에 당신에게 고백할 말'이 있다는 토로나, 「일상의 길목」에서 산야의 중동을 가로지르며 흐르는 도로를 '계곡을 빠져나오는 물결'로 보는 시각이 다 그렇다.

칙칙폭폭
지상으로의 가벼운 착지
우리도 가끔
꽹과리 소리 나는 아랫마을로
마실 나가고 싶지

— 「호기심」

　인용된 시는 나무들이 듬성듬성 서 있는 대지 위로 뭉게구름
의 행렬이, 마치 기차의 화통에서 내뿜는 연기와 같다고 치부한
담화를 담았다. 일견 그 관찰은 매우 참신하고 그럴듯하다. 시
인은 이 구름의 형용이 '지상으로의 가벼운 착지'를 시도하고
있다고 본다. 그리고 그에 덧붙여 우리도 '꽹과리 소리 나는 아
랫마을'로 마실 나가고 싶다는 바람을 내놓았다. 이러한 언사는
아마도 어린 시절의 기억과 결부되어 생성될 수 있는 것이 아
닐까 싶다. 로열 블루의 하늘에 줄지은 구름의 모형에서, 시간
과 공간을 뛰어넘어 자신의 옛 추억을 소환한 시적 기교가 이
시에 잠겨 있다. 시인은 여기에 '호기심'이란 제목을 붙였다.

구름이 없었다면
눈시울 뜨거워지는 아름다움도 없
었겠지요
내 생의 짙은 어둠
당신 앞에 다 펼쳐 놓을게요

— 「노을」

　아름다운 노을이다. 캘리포니아의 도로변과 야산 기슭을 채

우는 독특한 나무 유칼립투스가 사진의 왼편에서 위쪽을 점유
한 가운데, 회오리 모양을 한 황금빛 노을이 강렬한 아우라를
자랑하고 있다. 시인은 이 노을의 채색을 이룬 구름이 있기에
'눈시울 뜨거워지는 아름다움'이 있다고 술회한다. 그리고 연이
어 말한다. '내 생의 짙은 어둠'을 당신 앞에 다 펼쳐 놓겠다고.
서녘 하늘에 깔린 노을을 보고 자신의 생애 전반을, 그것도 그
짙은 어둠을 환기할 수 있다면 그는 건실한 시인이다. 이때 시
인이 상정한 '당신'이 누구인지 우리는 밝히 검증하기 어려우
나, 이 장엄한 하늘의 한순간으로 표상되는 어떤 범접하기 어려
운 존재가 아닐까 한다. 하루를 마감하는 시간의 경관景觀에서
그를 불러낼 수 있는 시의 힘이 거기에 있다.

3. 풍광의 외형 가운데 숨겨둔 애환

시時의 고금古今과 양洋의 동서東西를 막론하고, 이름 있는 시
인 묵객들은 아름다운 자연의 풍광에 의지하여 시를 쓰고 묵화
를 쳤다. 그리고 그에 비추어 만단정회萬端情懷의 심경을 비유
나 은유의 방식으로 노래했다. 사정이 그러하니 지금 여기라고
해서 다를 바가 없으며, 항차 재기 넘치는 디카시인 오연희에
있어서도 매한가지인 터이다. 2부 〈그 집 앞〉의 시들이 특히 그
렇다. 「붉은 연가」는 캘리포니아를 상징하는 사막의 꽃 부겐빌
레아가 풍성하고 붉게 피어 있는 광경에 '연가'란 명호名號를 달
았다. 그리고 '겁 없이 타오른' 지난날의 연정을 반추한다. 「그
집 앞」 또한 유사한 발상이다. 솟을대문처럼 높은 어느 집의 입
구에서 '전생의 나일지도 모르는 그녀'의 임재臨在를 걱정한다.

찰거머리가 따로 없네
말랑말랑한 속까지 다 내놓고 덤볐으니
당할 재간이 있었겠나

울며 겨자 먹히는 겨자꽃

―「비화」

'비화'라는 제목을 붙인 시다. 노란색 꽃망울이 터지면서 가로로 누운 겨자꽃 몇 송이가 밝고 싱그럽다. 이 꽃은 겨잣과에 속한 한해살이 또는 두해살이 풀이 노란 겨잣빛으로 핀다. 그런데 그 줄기에 길을 잃은 듯한 달팽이 한 마리가 거꾸로 매달려 있다. 시인은 이 화사한 꽃과 애써 기어 올라온 연체동물의 조합을 아슬아슬하게 한 장의 사진에 담았다. 그리고 여기에 부가한 해석은 짐짓 딴청이다. 달팽이를 두고 '찰거머리'가 따로 없다고 하고, 속까지 다 내놓고 덤빈 형국이라고 본다. 마침내 결어는 '울며 겨자 먹히는 겨자꽃'이다. 이처럼 삽상한 한 폭의 그림에서, 시인은 세상사의 만만찮은 관계성과 사회성 그리고 연기론緣起論과 운명론을 함께 해명한다.

하늘 정복자인 듯 서슬 퍼런 꼬리
물고기의 유연함을 겸비하면
바다가 넘어갈까요

그대는
꼬리 다 내려놓고 얻은 사랑

―「꼬리치다」

'꼬리치다'라는 제목의 시다. 푸른 창공을 날고 있는 항공기의 날개 끝자락을 렌즈에 붙들었다. 노스캐롤라이나에 살던 라이트 형제가 인류 최초의 글라이더 비행을 감행한 1900년으로부터 124년이 지난 시기, 이제 하늘을 나는 일은 모든 사람의 일상이 되었다. 당연히 그 꼬리가 '하늘 정복자인 듯' 서슬 푸르다. 그런데 눈길을 달리하여 보면 이 와중에 '물고기의 유연함'을 떠올릴 수도 있다. 시인은 문득 이 절체절명의 비교론에 잇대어 '그대'를 호출한다. 시인의 그대는 '꼬리 다 내려놓고 얻은 사랑'이라는 것이 아닌가. 하늘은 어쩌면 그 끝의 우주로 가는 길목이다. 이 창대한 공간에서 치열하기 이를 데 없는 그대와의 사랑을 반추하는 것은, 극단의 상황에서 극강의 심경을 반사하는 형상이다. 사정이 그러한 만큼 시적 애환은 극도로 강렬하다.

4. 낯선 경험의 세계와 시인의 눈길

시인이 자연과 친화한다는 것은, 그 자연이 수려해서이기도 하겠으나 궁극적으로는 자신의 생태 코드와 감정선이 그에 일치한다는 뜻이 아닐까. 한국의 아이들이 산을 푸르게 그리듯이, 사막 땅의 아이들은 모래 언덕을 그려 놓고 산이라 할 수밖에 없다지 않은가. 그리고 거기서 익숙한 안도감과 친화적 감응력을 느끼는 것이 자연스러울 수밖에 없다는 것이다. 그러나 이 편안한 연대감이 지배하는 곳에서는 현실을 배격하는 시적 상상력과 그 질서의 파탈을 도모하기 어렵다. 그래서 시인도 또 시인이 아닌 사람도 여행을 한다. 누군가 이르기를, 여행은 장소를 바꾸는 것이 아니라 편견을 바꾸는 것이라 했다. 그래서 시인은 하와이로, 알래스카로, 캐나다로 떠났다. 그 결과가 이 시집 3부 〈연蓮을 담아낸 그대의 사랑〉으로 묶은 시들이다. 「황홀한 생업」에서 돌고래의 비상飛翔, 「기적 소리」에서 알래스카를 살리는 송유관의 장관壯觀 등이 그 범례다.

새 사전에는 없어요
프렌치 키스
가슴이 시키는 일에 충실할 뿐

— 「양장본」

어느 여행길에서 이 장면을 목격했을까. 이름을 알기 어려운 빛깔 고운 새 한 쌍이 깊이 부리를 맞대고 있다. 뒤 그림이 회색 암벽이라 이들의 깃털이 더욱 눈부시고, 입맞춤의 방식도 한층 격렬해 보인다. 과연 사진의 새들은 얼마나 곡진曲盡한 사랑을 확인하고 있는 것일까. 시인은 이 극적인 찰나가 '새 사전'에 없는 일이라 언명言明한다. 뒤이어 '가슴이 시키는 일에 충실' 한다는 부연 설명을 달았다. 문제는 이러한 가슴의 일이 비단 새들에게만 있는 것이 아니라는 시인의 속내에 있다. 눈앞의 사건과 그 실상 너머에 우리 삶의 분명한 방정식이 함께 작용하는 터이기 때문이다. 그러할 때 단순한 새들의 키스, 어쩌면 '프렌치 키스'가, 우리 삶의 저변에 숨은 많은 것들을 성찰하게 하지 않을까. 이 시의 제목은 '양장본'이다. 책의 장정裝幀에서 고급스러운 제작을 뜻하는 것처럼, 고급한 시적 의미망의 매설을 의

도한 것으로 보인다.

어떤 언어로도 살려낼 수 없는
살고 싶은 욕망이 샘 솟는 색
임금의 안색을 살피듯 너를 살핀다
너와 잘 맞는 색이 되고 싶다

―「옥색」

시인이 밝히지 않았기에 저 먼 산곡山谷에서부터 펼쳐진 이 물바다가 어느 나라 어느 곳에 있는지는 알기 어렵다. 먼 산에 만년설이 얹혀 있고 가까운 산머리에도 눈이 녹지 않고 있으니, 북국의 어느 호반湖畔인 듯하다. 사진의 분위기는 비교적 어두운 편이나 장중하고 깊다. 시인은 여기에 '옥색'이란 제목을 부여했다. 이 색에 대한 시인의 관찰은 사뭇 신중하다. 어떤 언어로도 살려낼 수 없는, 살고 싶은 욕망이 샘솟는 색이라 하지 않는가. '임금의 안색'을 살피듯 '너'를 살피니, 이때의 상대방은 옥색 그 자체이거나 호수의 옥색 물빛이다. 시인은 스스로 '너와 잘 맞는 색'이 되고 싶다고 공표한다. 그렇다면 여기에서의 옥색에 관한 담론은, 시인이 어느 여행길에서 자신에게 다짐하듯 되뇌인 삶을 향한 의지요 긍정적 에너지다.

5. 노상에서 만난 순후한 감성의 시

프랑스의 비평가이자 철학자인 가브리엘 마르셀은, 인간을 호모 비아토르Homo Viator, 곧 '여행하는 사람'이라 정의했다. 인생의 행로를 두고 여행이라 부르는 일은, 여러 사람에게 두루 통용되는 발화법이다. 그래서 여행의 길 위에서 또는 여행에 관해 쓴 글을 두고 '노상路上의 문학'이라 호명한다. 동서고금을 막론하고 여행 문학은 많은 부피와 고급한 수준을 축적해 왔다. 일찍이 존 번연의 『천로역정』으로부터 두보의 방랑시편들, 박경리의 『토지』와 황석영의 『장길산』, 김주영의 『객주』 등이 모두 이 영역과 결부될 수 있다. 매우 간편하고 짧을 글이긴 하나 디카시 또한 여행의 소산인 때가 허다하다. 이 시집 4부 〈붉은 거리〉 또한 베트남과 일본 그리고 한국 여행으로서 그러하며, 그 여수旅愁의 반영이 시의 격을 훨씬 높여준 느낌이다. 「바위 섬」의 베트남 하롱베이, 「불빛」의 밤 깊은 시가지 등은 여행지에서가 아니면 얻을 수 없는 시상詩想을 수렴했다.

가슴 속 죽창 내려꽂힌 사연 다 내려놓고
사슴처럼 순한 노래 입 모으면
깃털처럼 날아오르는 합창
온 숲을 휘감고 돕니다

―「뱀부의 노래」

이 시는 대나무숲 한복판에서 하늘을 보며 찍은 사진과 시의 결합이다. 나무가 자란 키를 보면 기후가 온난한 지방을 여행하다가 얻은 것 같다. 곧고 높게 자란 대숲 사이로 먼 하늘이 아득한 만큼, 시어詩語 또한 다양하게 펼쳐질 수 있다. '가슴 속 죽창 내려꽂힌 사연'은 개인사나 민족사에 있어서 아픔과 슬픔의 역사를 초치한 것이다. 하지만 시인은 '사슴처럼 순한 노래'로 입 모으면 '깃털처럼 날아오르는 합창'이 온 숲을 휘감고 돈다고 감각 한다. 여행길에서 시인의 가슴을 채운 순후한 감성이, 어느결에 배려와 화해의 의미들을 생산한 셈이 아닌가. 사진과 시가 연대하여 쾌청하고 희망적인 어조와 분위기를 연출한 시다.

청와대 여인들의 낭만이 깃든 곳
등등하던 권위 어디 가고
증인인 듯 서 있는 붙박이세간의 경치
가 되었네

―「차경, 슬픔의 각」

　인용된 시는 미국 시민권자로서의 시인이 한국의 청와대 경내를 둘러보며 쓴 것이다. 적송의 고목이 담을 넘어가고 건너편 산허리에 푸른 나무들이 임립林立해 있는데, 전통 무늬로 결을 새긴 굳건한 담벼락이 옛 청와대의 다기한 면모를 연상하게 한다. 한때 서슬 푸른 권좌가 있던 지경地境의 자리이나, 지금은 민간에 공여된 역사성 있는 경내다. 특히 시인은 이 광경이, 바깥 경치를 빌려 액자인 것처럼 연출하는 차경借景의 기법을 운용하고 있는 데 주목한다. 마치 '증인인 듯 서 있는 붙박이'의 구도가 새롭게 여겨진다는 뜻이다. 지금은 '세간의 경치'가 되었으니, 은연중에 화무십일홍花無十日紅이나 권불십년權不十年의 옛말을 떠올릴 수밖에 없다.

　이제까지 우리는 오연희의 디카시 60편 가운데 특히 수발秀拔한 작품들을 선정하여, 그 표현방식과 의미와 문학적 성취에 대해 살펴보았다. 한 시집에 묶여 있는 작품이 한결같이 다 뛰어날 수는 없다. 하지만 그 속에 우리가 검증해 본 바와 같이 우월한 시가 여러 편이라면, 언필칭 좋은 시집이라 해야 마땅하다. 모국어의 땅에서 8만 리 태평양을 건너 미주에서 문학인으로 살면서, 미상불 오연희는 좋은 디카시를 쓸 수 있는 필요충분조건을 갖춘 시인이다. 예리한 사진 촬영의 감각, 합당한 시적 언술을 산출할 수 있는 단련된 기량, 그리고 이를 광범위하게 소통할 수 있는 문학적 통신망 등이 그에게 예비 되어 있는 까닭에서다. 이제 이번 시집 『이 순간』을 하나의 매듭이자 마디로 하여, 그의 디카시 마당은 더 넓고 깊게 열릴 것이다. 앞으로 펼쳐질 그의 시작詩作과 그로 인한 광범위한 견인牽引의 역할을 기대와 격려의 마음으로 지켜보려는 이유다.